サンティヤゴへの道

氷川 武

東京図書出版

一九六〇年代の好況は人口の都市部への集中を加速し、パリの住宅事情を厳しくしていた。

日本での僅かばかりの蓄えとまだあてのないアルバイトが頼りの柏木圭介の生活で住居費をどう抑えるかは死活問題となったが、フランス語会話の短期講習を受けた地方都市からパリに移って一週間、幸い、圭介は二十区ペール・ラシェーズ墓地裏手のサンブレーズ通りに格好の貸し部屋をみつけることができた。メトロ二号線のアレクサンドル・デュマ駅から徒歩で十二、三分、三号線ガンベッタ駅からは十分と市の中心部からやや離れているとはいえ、なにより家賃が格安である。

サンブレーズ通りは、一八六〇年パリ市に合併された旧シャロンヌ村のメインストリートであったという。石畳のままの狭い道の両側に、白壁、マンサード屋根の年代物の家がまだいくつも残っている。そうした中のとりわけ古い二階建ての家の屋根裏部屋が圭介のねぐらとなった。

引っ越し当夜、面白い出来事があった。

宿の屋根裏部屋へと通じる一階奥階段の上り口右手には手洗いがしつらえてあり、そこの電灯のスイッチと階段の明かりを得るスイッチとは並んでいる。

圭介がスイッチを押し間違え、使用中の手洗いの中を真っ暗にしてしまった。

「サロー（おいおい）」

陽気な若い男の声が中から聞こえた。声を追いかけ、強い安タバコの臭いが漏れてくる。

少しかすれた声にはどこか砂漠の乾いた熱い風を思わせるようなものがあったから、圭介はマグレブの男かと推測したが、翌朝顔を合わせてみるとスペイン系の若者と分かった。隣部屋の住人だという。

「ラモンだ、通称モンチョ」

と若者は名乗った。歳の頃は二十三、四歳、圭介より三つ、四つ下と思われる。出会いが出会いでもあったから、二人が親しくなるのに手間はかからなかった。

ときに強い酒が欲しくなる圭介は安いラム酒を買い置いている。少し飲まないかと誘うとモンチョは喜んでやってきた。

モンチョが屋根裏部屋の住人になったのは二年前だそうだ。この界隈で育った左官だが、親はもともとバルセロナで暮らしていたスペイン人で内戦終結時にフランスに逃れてきた避難民である。両親は収容所生活やナチスドイツ占領下での暮らしといった厳しい体験を経る中で知り合って結婚し、フランス定住を決意して国籍も取得している。ガンベッタ広場の裏通りでスペイン式の小さなバーを開いたのが五年前である。父親の本業は石工でフランスに来てからも長くその職にあったが、内戦の戦闘で受けた傷の後遺症により仕事を続けるのが難しくなった。そんなとき、周囲の支援もあり、料理上手な母親の腕を活かして店を始めたのだという。パリでも純スペイン風のタパスを並べるバーはめずらしい。フランス人の贔屓客がつき、周辺の避難民仲間あるいは出稼ぎのスペイン人もやってくるので、店はそこそこ成り立っているそうだ。モンチョに案内されて行ってみると、両親ホセとフェデリカの実直な人柄は親しみやすく、息抜きや簡単な食事の場としても手頃である。圭介は週に二、三度は通うようになった。店の名は「ドミンゴ」という。

アルバイトの方は、思わぬ形で道がひらけた。

東京の日仏学院で知り合った商社マンが一年程前からパリ勤務になっており、連絡をとると、一夕、カルティエ・ラタンの「サムライ」という店に招いてくれた。パリには日本料理店が数軒あるが、いずれも、主として当地に出先を持つ日本企業の社員やそれらの企業の接待客か、あるいは海外旅行中和食に飢えた日本人観光客などを相手としているから、値段が高い。「サムライ」はこうした店とは異なり、メトロのサンミッシェル駅周辺に多く見られる気安いエスニック料理店の一つで、親日家のフランス人が経営しているいささか怪しげな店である。煮魚、鍋物、天麩羅、やきとり、冷奴などを出す。また、これだけはいかにも高すぎる日本酒も供している。

ときどき利用しているらしい商社マンが店の親父ジョルジュに圭介を紹介すると、どういうわけか親父は圭介のことをひどく気に入ってくれた。「君こそまさに日本人だ」と言う。圭介の油っ気のない浅黒い顔と短く刈った髪の毛、筋張った体に質素な身なり、受け答えに不足はないが寡黙なところなどが、親父が思い描いている日本人のイメージに合致したらしい。

問われるまま、パリで二、三年暮らすつもりでいること、語学学校に通うかたわら続けられそうなアルバイトを探していることなど答えていると、よかったらうちで働かないかと言い出した。圭介は高校生時代の三年間を遠縁の極めて厳格な老人の家で居候兼書生のような身で過ごし、その後も自活してきたから、食材の仕入れでも調理でも、料理店の手伝いをすることくらい何の苦にもならない。当面週三日の条件で話を受けることにした。

商社マンの方も、圭介がパリに慣れてきたら日本から来る出張者や観光客のアテンドの仕事を回せるだろうと言ってくれた。

圭介はいまさら語学学校への通学に専念するつもりはない。しかし、「修学生」の身分でも持っていなければフランスに長期滞在はできない。そこで、ひとまずアリアンス・フランセーズに籍を置き、作文と演劇の講座に登録した。

パリのいわゆる名所旧跡は一通り見終わったが、その後も、圭介は連日街を歩いた。「憧れのパリ」などという心境にはないし、特に行きたい先があるわけではないが、ただ、何かに衝き動かされるように、ひたすら市中を歩き回るのである。

ガンベッタ広場を起点に、街路樹の続く上りの坂道をサンファルゴー広場まで歩いてみる。そこから左斜めに折れてアクソ通りに入ると、この通りをさらにベルヴィル通りとの交差点に達するまで峠をめざすように上り詰める。市内でモンマルトルの丘に次ぐ標高があるというテレグラフの公園で一休みし、そこからは、だらだら坂を一路、周囲が次第に喧騒の度を増すのを感じながら下って、最後はメトロのベルヴィル駅周辺の雑踏の中に身を沈める。

プラス・ディタリーの朝市の客に紛れ、野菜、果物、魚介類の鮮やかな彩りに目を慰めることもある。

モンマルトルの丘を裏道から下ってバティニョール地区に入り、クリシー広場からサンラザール駅周辺まで足を延ばして、簡易食堂で宵越しの固いパンでつくられたサンドイッチをかじって帰ってきたりもする。

「貧乏人がそんなに意味もなく靴の底を減らしてどうするんだ」

とモンチョは笑う。


アリアンス・フランセーズへの通学、「サムライ」でのアルバイト、あてのない散歩、こんなことで三カ月近くを費やし、新聞、雑誌などに目を通しているうちに、圭介は一知半解ながら当地の昨今の情勢にもある程度通じてきた。

事件があったのは八月上旬のことである。

メトロでガンベッタ駅に着き、宿に向かって歩き出したのは夜の十一時近かった。日の暮れるのが遅いパリの夏でも、さすがにこの時刻になれば暗い。特にガンベッタ広場からピレネー通りを南に下り、すぐ左に枝分かれしてスタンダール通りに入ると、急に車や人の往来がなくなり街灯の数も限られてくるから、闇が一段と濃くなった気配である。

スタンダール通りが尽き、宿まであとわずかのサンジェルマン教会横の大階段の前まで来たとき、圭介は何げなく、左方、教会付属墓地の裏塀に沿った細い道に目をやった。

全く人気のない暗い道の中程で男女が抱擁している……と見る間に、人影の一方が崩れ落ちるようにして横たわった。もう一方は、その上にしゃがみ込み何かを拾い上げたが、圭介の姿に気付いた様子で、素早く立ち上がると、あっという間にプレーリー通りに通じる道の奥の闇の中へと走り抜け、消えてしまった。

圭介は、倒れている人影に急いだ。

横たわって動かなくなっていたのは若い男で、顔の色が闇の中でも異様に白かった。首の後ろに左手を差し入れて抱き上げると、男は、

「……」

何か一言呟いたきり、がくりと頭を後ろに落とした。

体を支えていた圭介の右手が急に生ぬるいもので濡れてくるのを感じたので、見ると、男のシャツの左胸あたりの黒ずんだしみがみるみるうちに大きくなってくる。

(殺人だ)

圭介は急いで道を戻り、六十段あまりの階段を一気にバニョレ通りまで駆け下りて、教会のはす向かいにあるカフェ「サンジェルマン」に飛び込んだ。

「人が殺された。墓地の裏通りだ。警察に連絡してくれ」

カフェの主人が小走りに電話に向かうのを見て、圭介はまた大階段を駆け上がった。

警察からは、「POLICE」と表示した白い乗用車二台と箱型の車が前後して到着した。追って、検死医とおぼしき男も着いて、早速、死体と現場の検証が始まる。検証の合間には刑事から質問があるので、圭介は手短に状況を説明した。

一通りの質問が終わると、刑事は再度死体の傍らに行き、検死医らしい男と何かしばらく話し込んでいたが、やがて戻ってきて、圭介に調書をつくるから地元署まで一緒に来てくれと言う。

警察署はガンベッタ広場の二十区区役所近くにある。

取調室と思われる閉ざされた小部屋で、刑事とタイプライターを前にした男との三人だけになった。

先ず、氏名、住所を聞かれ、質問が始まる。

「身分証明書かパスポートを見せてくれ」

点検を終えた刑事が、

「日本では何をしていた」

「リセアン（高校生）の補習塾の講師だ」

「今は何をしている」

「アリアンス・フランセーズでフランス語の勉強をしている。しかし、そんな私事は事件と何の関係もないじゃないか」

圭介がむっとして答えると、

「警察には不法滞在や不法就労の取り調べ権限もあるからな」

と相手も嫌味を言う。

次いで、現場で話した内容の確認を求められた。

「二人が男女で、抱き合っているように見えたと言ったな」

「ああ、片方が相手の肩に左手を回して抱いているように見えたんだ」

「そうやって相手を抑え込んでおいて、右手に持った匕首《あいくち》のようなもので左の肋骨の下から心臓に突き上げたらしい。あんな手際のいいことはプロでないとできない。犯人が持っていったのはどんなものだったか分からなかったか」

「暗くてよく見えなかった」

「犯人に何か特徴はなかったか。たとえば、背が高いとか、太っているとか、あるいは服装でもいいが……」

「濃い色のジャケットを着ていたようだ。中肉中背、あまり大きな男ではないが体の動きはよかった。鍛えた体だろう」

「どうして、そんなことが分かるんだ」

「私は少し武術をやっているから、体の動きでおおよその見当は、つく」

「ふーん」

刑事は、一瞬、圭介を見直したような顔をしたが、思いついたように、

「あんたの持ち物を見せてくれ」

と言い出した。圭介は不愉快になってきた。

「冗談じゃない。私を容疑者扱いするつもりか」

「まあ、そう、かっかするな。あの場には被害者と犯人とあんたの三人しかいなかったんだ。犯人が被害者から持ち去ったと推定されるものを割り出すには、一応念のために、あんたの持ち物の方も点検しておかなきゃならん」

圭介は、あんな学生のような若者を狙う物取りがいるとも考えられず、妙な事件だと思った。

聴取が終わると、タイプされた調書に刑事が目を通し、圭介にサインをしろと言う。読むとなかなか要領よくまとめてある。

(フランス人は、こういうことになるとそつがないんだからな)

と圭介はいまいましく思いながら、一九六九年八月五日という日付の下にサインをした。

翌日、朝刊に関連記事は見当たらなかったが、夕刊紙の雑報欄では事件が思いのほか淡々とした調子で取り上げられている。「警察は窃盗と怨恨の二つの線で捜査している」とあり、「目撃者の話では」というくだりもあった。被害者の名前は「ハイメ・クエスタ」とスペイン系である。警察やメディアの事件の扱いにどこか冷淡なところが感じられるのはそのせいかと圭介は憶測した。

夜「ドミンゴ」に立ち寄ると、店の奥のテーブルで、モンチョと両親、加えて、これまでにも店で二、三度見かけ皆に「先生」と呼ばれていた白髪、薄いブルーの瞳が印象的な初老のアメリカ人が、新聞を中心に何か小声で話し合っている。

近づくと、圭介が読んだ夕刊の記事の部分が開かれていた。

「その『目撃者』というのは私なんです」

四人が一斉に圭介の顔を見た。

「ハイメはガキの頃のダチなんだ」

とモンチョが言った。

「頭のいい子でね、『先生』のクラッセ・アメリカーナにもモンチョと一緒に通っていたんだよ」

とフェデリカが言い足した。

「どんな殺され方をしたのかね」

とホセが気にするので、圭介が自分の見たままと刑事の推測したところを話すと、

「それはスペイン人のやり口だな」

と低い声で呟く。

「匕首だの殺し合いだのはもう沢山だよ」

とフェデリカが体を震わせた。

殺されたハイメは、近くのバルカン街に住むやはりスペインからの避難民の子でモンチョより一歳下、いい遊び仲間だったがリセから大学まで進学した数少ない避難民二世の一人ということだった。「先生」がガンベッタで避難民の子供を相手に英

語を教えていた無料の私塾「クラッセ・アメリカーナ」のいわば優等生である。往時、「先生」は、入信していない子供たちにクリスマスがわりの楽しみをと、親たちと協力して毎年十二月二十四日にフィエスタ・デ・ラ・クラッセ・アメリカーナというパーティーも催していた。ハイメ親子はそれへの参加を欠かしたことがなかったが、やがて親が教会に通うようになり、ハイメはリセに入学して、モンチョ達とは次第に疎遠になっていったという。

「かわいそうに、クエスタのところじゃ頼みにしていた一人息子だったからな」

とホセが言った。

ホセには内戦とフランスでの難民生活を通じて持つにいたった独自の信条のようなものがあり、常々、「俺の店は、スペイン人なら誰でも来られるような店にしたい」と言っているという。最近付き合いのなかったハイメの一家に対してもこだわりはないようであった。

次の日の夜、モンチョが圭介の部屋に来た。ハイメの両親の家に悔みを言いに行ったところ遺体は明日モンルイユで埋葬されると聞いたので、両親や「先生」と行くことにしているという。

圭介も、自分が関わりを持った死者であり、同行することにした。

埋葬には、二十数人が立ち会った。ハイメの両親、モンチョの一家、「先生」、スペイン人仲間と思われる老人が数人、若い男女が十人前後、それに、短い頬髭を生やし杖を手にしたどこか伊達な感じの三十代と思われる男一人である。

中に極めて美しい若い女が一人いて圭介の目を引いた。美しさの中に、「険」とは言わないまでも、どこかきつすぎるところがあった。

埋葬が終わると、モンチョ達若者はひとかたまりになって立ち去り、圭介はモンチョの両親、「先生」、「三十代の男」と一緒に「ドミンゴ」に戻った。

フェデリカが男をアントニオだと圭介に紹介した。

アントニオは、やや長身、引き締まった体形で目付きが鋭く、近くで見ると、頬髭は左顎の傷跡を隠すためのものと分かった。右足が不自由らしくいつも杖を使っている。フェデリカに心を許している様子であったが、親子とは考えにくい。

店の準備をしなければならない夫婦は一時カウンターの奥に消え、アントニオは用事があると帰ったため、圭介は「先生」と差し向かいになった。

「先程のアントニオというのは……」

「ああ、彼はここの夫婦のいわば子供のようなものだ。内戦のとき、まだ四、五歳だったが、バルセロナの空襲で親を亡くし自分も右足首から下を失った。隣に住んでいたフェデリカが、当時まだ若い娘だったが、面倒をみてフランスまで連れてきたんだ」

こんなことを淡々と話す様子を見て、圭介は「先生」も内戦の体験者に相違ないと思った。

「どんな仕事をしているんですか」

「メトロのヴァヴァン駅近くでディスコテークのような店をやっている。つい一年程前からだがね。彼は私の教室で簡単な英語を身に付け、十五で学校を終えると、モンマルトルで靴磨きを始めた。米国人の観光客を上得意にしてね。地元の連中はその稼ぎを妬んで『縄張り荒らしだ』などとだいぶいじめたようだが、彼は子供の頃から出入りの場数を踏んでおり、『杖のアントニオ』やがては『ナイフのアントニオ』とも呼ばれたような男だから、だいぶ立ち回りをやったらしい。顎の傷はその名残だ。そのうち、コルシカ出身の地回りのボスに気に入られてモンマルトルからピガール界隈に立ち入れるようになり、外国人観光客の夜の街のガイドを始めた。十八、九の頃からホセの家を出て一人暮らしをしているので詳しいことは分からないが、危ない仕事やあまり感心できない仕事にも手を染め、だいぶ稼いだようだ。まあ、やくざといえばやくざだが、優しいところもある。クラッセ・アメリカーナのフィエスタには毎年顔を出し、いつも子供達が喜ぶようなちょっとしたプレゼントを持ってきてくれた。

だから、今でも若い連中の間では絶大な人気があるんだ」

「かわいそうなアントニオ」

と、話を耳にしてフェデリカが口をはさんだ。

「POUM（マルクス主義統一労働者党）の活動家だったあの子の父親は共産党に殺され、その上、フランコの爆弾が母親とあの子の右足を吹っ飛ばしたんだ。あんな歳の、松葉杖までついた体で、よくフランスまで来られたもんだよ。私たちはバルセロナからジローナ、フィゲレスと線路伝いに逃げたんだ。敵の飛行機がやってくるたびに、あっちに隠れこっちに隠れしてね。ようやくフランスに着いても、冬の最中に、青天井、吹きさらしの収容所暮らしさ。でも、あの子は一度だって泣きはしなかったよ。たった五つだったというのにね。こっちに来てからも満足な義足など付けてやれなかったから、杖を上手に使ったもんさ。よく喧嘩をして『杖のアントニオ』なんて呼ばれていたけど、自分の身を守るためには杖を振り回すしか仕方なかったんだよ」

「こいつは、いつまでたっても『かわいそうなアントニオ』なんだ。もうすっかり一人前の男になっているというのにな」

傍らで、ホセが苦笑いした。

「だって、考えてごらんよ。マリアのことだって……」

そう言いかけてフェデリカは口を濁した。

圭介は「先生」と親しく話をすることができるようになったことを喜んだ。

それから二、三週間、「サムライ」ではバカンスをとる従業員がおり、他方、夏休みを利用した日本人観光客の来店が多いので、夏の計画がない圭介は同僚の休暇の穴埋めで忙しかった。モンチョとはすれ違い続きでしばらく顔を見なかったところ、ある晩ひょっこり圭介の部屋に現れ、次の日曜日に「ドミンゴ」の五周年の夕食会をするから来ないかと誘ってくれた。

夕食会には、モンチョの一家三人、アントニオ、「先生」という馴染みのほかに、知らない顔の老人が一人加わった。ホセの知り合いで、モンチョの仕事関係の親方イグナシオだと紹介されたが、深い皺の刻まれた厳しい顔、無駄のない話しぶり、ホセが話しかけるときの態度などから、並の人物ではないことが窺われた。

カヴァによる乾杯で始まった会食は和やかだったが、ハイメの話題になって少し雰囲気が変わってきた。

モンチョがハイメの学生仲間から聞いたという話を紹介した。

ハイメは前年五月のフランスの大学紛争の頃からスペイン避難民二世の大学生やスペインからの留学生の一部を集めて組織をつくり、スペイン国内の学生と連携をとって反フランコの活動を始めたらしい。埋葬のとき圭介の目を引いた若い娘は、最近組織に入ったスペインの良家の出の留学生だという。学生達は、ハイメがスペインの秘密警察（ブリガダ・ポリティコ・ソシアル）か右翼テロ組織の手先に殺されたと確信している。

イグナシオが、それはあり得ることだと言いながらも、学生達が過激派スペイン人組織に接近していることについて懸念を示した。

その後、モンチョ、イグナシオ、ホセの間でやや激したやりとりがあったが、スペイン語混じりの会話となった上、組織の略称が頻繁に出てくるため、圭介は話についていけなくなった。

アントニオは議論に加わらなかったが、一度、

「殺られっぱなしじゃ、ハイメも浮かばれねぇだろうな」

と独り言を言っていたのを、圭介は耳にした。

「先生」は、終始、沈黙を守っていた。

やがて、「先生」が場の雰囲気を和らげるような話題を提供し、会は本来の趣旨を取り戻した。

日本についての話も出て、アントニオが圭介のアルバイト先の「サムライ」に興味を持ち一度行ってみたいと言うので、圭介は歓迎の意を伝えた。

圭介は、この晩のモンチョがみせた生真面目な表情や年長者との議論も辞さない態度を意外に感じ、また、スペイン人の学生達の活動、亡命者組織の在り様などにも関心が生じたので、会が終わり「ドミンゴ」を出たところで「先生」に声をかけた。

「先生、先程のモンチョ達の話、理解できないところがあったんですが、一度説明していただけないでしょうか」

「いいよ。私はベルヴィルのランポノー街五十二番に住んでいる。水曜日の午後ならいつも家にいるから、遊びにいらっしゃい」

次の水曜日、早速、圭介は「先生」を訪ねた。

「先生」のアパルトマンは、メトロのベルヴィル駅から徒歩で五、六分しか離れていないが広場や大通りの喧騒は届かない静かな一角にある。

通されたのは四階にある居間と書斎を兼ねた広めの部屋で、壁面の書棚は、英仏西三カ国語の辞書や書籍、それに、ボール紙のケースで分類、整理された夥しい数の古びたスペイン語の新聞、雑誌、パンフレットの類いで埋め尽くされている。窓際のデスクの上には用紙がセットされたままのタイプライターが置かれ、その傍らに、既に打ち終わった原稿と思われるかなりの量の紙片が積み上げられていた。窓からは、ランポノー通りの突き当たり、石段のついた高台に、下町にはめずらしい、こんもりした一群の樹木が午後の陽ざしの中でつややかな葉を光らせているのが見えた。

「先生はいつからここに住んでおられるんですか」

「一九四六年からだが、大戦前にも一時いたから、随分長くなるなあ……。そろそろ引き揚げ時かと思っているところだ」

と「先生」は苦笑いした。

「ベルヴィルは、パリ・コミューンのときに市民達が最後まで抵抗した地区と聞いていますが」

「うん、ペール・ラシェーズ墓地の『連盟兵の壁』が有名だが、最後の戦場は現在のレピュブリック広場からこのあたりにかけての一帯だったようだね。市民達は街の主要な四つ辻に築いたバリケードに拠って最後まで戦い、力尽きたんだ」

　圭介は、数年前小さな読書サークルで、パリの舗石を利用してのバリケード構築方法などについて詳述したオーギュスト・ブランキの「武装蜂起教範」を読み、人生の大半を牢獄で過ごしたという革命家の情熱とリアリズムに感銘を受けて、大学生のバリケード闘争など児戯に類すると感じたことを思い出した。

「先生はこの地区がお好きなんですか」

「まあ、親しみを感じているというところかな。このあたりは十九世紀来パリの周辺地域として労働者や地方から職を求めて上がってきた人達の居住区になっていたが、その後、他国の政治的、経済的難民も多く住み着くようになった。第二次大戦中には二十区の小学校から多くのユダヤ人の子供がドイツに送られ殺されたそうだ。最近は北アフリカ系の人達が目立つね。私はアイルランド移民の子で、ニューヨークでも人種のるつぼのような街のブルックリンの育ちだから、この地区に違和感がないのかもしれないな」

圭介は「先生」の来歴を知りたいという強い思いに駆られたが、いきなりそんなことを聞き出すのも憚られる。そこで、先ず、イグナシオという人物やスペイン人の亡命者組織などについて質問した。

「先生」の説明はおよそ次のようなものだった。

スペインの内戦において共和国政府側で大きな役割を演じた勢力に、アナーキズムを基盤とした労働者の組織CNT（労働国民連合）がある。

イグナシオは年少の頃から働きに出た生粋の労働者で、石工から、CNTの建設業種の代表、先鋭的な指導者の一人となった。ストライキを指導したかどで獄中にあったとき内戦が勃発し、釈放されてCNT民兵の指揮にあたった。その後、民兵の正規軍化に際しては、アナーキズムの本旨に反するが内戦勝利のためにはやむなしとそれを容認し、幹部将校として常に最前線で戦った。バルセロナが陥落し戦局が絶望的となるに及び、これ以上の戦争継続は犠牲を増やすばかりで無意味と判断、成算のないまま徹底抗戦を主張する共産党主体の政府を制圧する側にまわった。内戦終結後、フランコ政府の囚人となり、一九四六年に釈放されてからはCNT再建を期してフランスに出国し、今日に至っている。

諸国に亡命したスペイン人達は、反フランコの一点は共有しても党派や言動では様々に分裂していた。ソ連の指導下にあった共産党は別として、左派グループの中にも、内戦中CNTが政府に閣僚を送り込んだり民兵の正規軍化を容認したことは社会革命の不徹底、内戦敗北を招く大きな要因になったとする者、行動よりももっぱらアナーキズムの理論の純化にこだわり続ける者、過激な直接行動によるフランコ打倒を主唱する者などがいた。こうした者達の視点からすれば、当然、内戦時におけるイグナシオの行動なども批判の対象となる。しかし、イグナシオは、戦後、内戦中の自分の行動について一切弁明することなく、フランスで石工として働きながらCNTの再建統一のための活動を今日まで黙々と続けてきた。

「先生」は、イグナシオの内戦時における行動の背景には、アナーキストとしての理論と現実との乖離をめぐる葛藤や追い込まれた政治的判断などがあったはずであるから、イグナシオが内戦から今日までの間に自らが考え実践してきた事柄を誠実に記録に残せば、それはスペイン・アナーキズム史の貴重な資料になるだろうと考えている。そのため、イグナシオに、回顧録を書くことは決して自己弁護ではない、後世のために必要な作業なのだと、強く執筆を勧めているという。

ホセは、「人々を憎むより物事を変更することが大事なのだ」として労働者の生活に徹しながら組合活動を通じた社会改革に一貫して取り組んでいるイグナシオを尊敬しており、その下で息子のモンチョが働いていることを喜んでいる。

先の夕食会では、ハイメの仲間達がフランコ体制打破のためには直接行動が必要と考え亡命者中の過激派やＥＴＡ（バスク祖国と自由）などとの連携を模索していることについて、モンチョが好意的に述べたことから、イグナシオやホセとの間に意見の衝突が生じたということだった。

「先生」はフランス近代の社会運動・政治史を研究するために一九三五年に米国

からパリに来たが、スペイン内戦が始まると直ちに義勇兵としてスペインに入り、一九三八年まで戦闘に参加したという。その後、米国に帰国、第二次世界大戦中は招集されて欧州戦線で戦った。一九四六年再度パリに来てスペイン避難民の生活を知り、以来、英語教師としての仕事のかたわらクラッセ・アメリカーナを十五年間続けた。以前ホセから聞いた話では、クラッセで学んだ英語のおかげで生活の糧を得た子供はアントニオの他にも少なくなく、リセや大学に進んだ子供にとっては英語が武器になったが、クラッセはスペイン避難民家族の貴重な交流の場としても長年親しまれたということであった。しかし、「先生」は、内戦時における自分の体験についても、無償で十五年間続けたクラッセについても、多くを語ろうとはしなかった。

「ところで、日本は近年平和な環境の下でめざましい経済発展を続けているようだが、そんな国を出て、君はパリに何をしに来たのだね」

「先生」にそう聞かれて、圭介は答えに窮した。韜晦《とうかい》するのも失礼である。

「自分の居場所がない気がして日本を飛び出し、他国の空気を吸いに来たようなものなんです……」

「先生」は笑って、それ以上は追及してこなかった。

圭介が退出しようとすると、「先生」も買い物の用があるからと一緒に街に出ることになった。

ランポノー通りからベルヴィル大通りへと向かう途中の小さな四つ辻まで来たとき、「先生」は、

「ここがパリ・コミューンの最後の戦闘が行われたと言われているバリケードのあった場所だよ」

と、ぽつりと言った。

「コミューンで指導的立場にいた人達はどうなったのでしょうか」

「戦死か処刑された者が多いね。裁判で流刑になった者やパリを脱出できてスイス、

ベルギー、英国などに亡命した者もいるが、彼らはその後帰国しても総じてフランスの社会主義運動の主流からは外れた存在で終わったようだ。アナーキストになった者も少なくないらしい」

十月になった。

「サムライ」にときどき顔をみせるようになったアントニオからは、「一度俺の店にも寄れよ、お前の学校からは近いんだから」と言われている。圭介はモンチョと一緒に行く方がいいだろうと考えていたが、最近、モンチョとは顔を合わせる機会がない。何をしているのか、深夜になっても部屋に帰った様子のない日がしばしばである。

「ドミンゴ」に行っても、

「ケイ、ここのところモンチョが現れないんだけど、どうしている」

と逆にフェデリカから聞かれる始末だった。

十月も末になったが、相変わらずモンチョをつかまえるのは難しい。圭介は学校帰りに一人でアントニオの店をのぞいてみることにした。

アリアンス・フランセーズのあるラスパイユ大通りからノートルダム・デ・シャン通りを経て、店があるというジュール・シャプラン通りに入ったとき、圭介は、左側の二、三棟先の大きな建物の出入り口から思いもかけずモンチョが出てくるのを見かけた。うつむき加減で気忙しげにヴァヴァン駅の方に歩いていく。声をかけようとしたが、モンチョの背中はそれを拒否しているようにみえた。

ジュール・シャプランはひっそりとした短い通りで、「小路」とでも呼んだ方が似つかわしい。モンチョが出てきたのは以前劇場か倉庫でもあったかのような大きな建物の通用口とみられるドアだが、近づくと、白く塗られたドアの中央上部には金色の真鍮板が打ち付けてあり、その板にイタリック体で黒く「SABADO」の文字が書かれていた。

入ってすぐの階段を地下一階まで下りると、またドアがあって、その中は一辺が十五メートル前後の四角いホールである。ホール取っつきの右手はバーのカウンター風に造られており、各種の飲み物の瓶やグラスを収めた黒光りする棚の先にサウンドの機器が置かれていた。サイケデリックではあるが品は悪くない壁紙の上に見えるやや高い天井は、粗いコンクリート打ちのままである。ミッシェル・ポルナレフの新曲が音量を下げて流されていた。

まだ客の来るような時間ではないらしく、アントニオが独りカウンターの中で伝票の整理のようなことをしている。

圭介の顔を見て、

「よう、何か飲むか」

と聞く。

ビールを頼むと、奥のソファーで待っていろと目で合図をされた。

間もなくアントニオが冷えたビールを持ってきた。グラスを軽く合わせて互いに一口喉に流し込むと、

「お前の前にモンチョが来ていた」

とアントニオが切り出した。

「奴と最近話をする機会はあったか」

「いや、なかなか会えないんだ」

「そうだろう。何をやっているのかとホセとフェデリカも心配している。実は、今日、俺のところには金を借りにやってきた。初めてのことだ。何に使うのか聞くと『遊びのためじゃない』の一点張りだったが、問い詰めたところ、『活動』のためだと白状した」

「ハイメの仲間達の……」

「そうだ。奴の柄じゃないんだがな……。女の子に引きずられているところがあるような気がする。ハイメの葬式のときに来ていた子だ。マルガリータという名だそうだ。あの子はフランコの古い側近グループの一員の姪としてブルゴスで育ち政権の内情に詳しいようだ。モンチョが聞いたところによると、最近、スペインではカトリック団体のオプス・デイに入っている役人や実業家がフランコの信頼を得て工業化による経済開発を進め、保守派の側には焦りがあるらしい。マルガリータの叔父だというセニョールはブルゴスの資産家の出で、内戦が始まると同時に軍部がブルゴスに置いた国民防衛評議会の事務方を若くして取り仕切り、その後、フランコの義弟セラーノ・スニェルの右腕として『新ファランヘ党』を陰で動かし、力をつけたという話だ。この男は、現在、地主、大資本家、軍幹部、高級官僚、一部の同業者組合、カトリック教会の守旧派など現体制の存続を願う勢力の調整役として重きをなし、長年の間に築き上げた情報網を使ってスペイン内外での反フランコ派つぶしの指揮もとっているようだ」

「『活動』といっても、モンチョは具体的に何をしようとしているのかな」

「俺も、それをはっきりさせたら金は貸さんでもないと言って、今日は帰した。奴は小さい頃、フェデリカが家を空けて働くことが多かったから、いつも俺にくっついて暮らしていたんだ。だから、十六で学校を終わったときには俺と同じ稼業をやりたいなどと言い出しやがった。もちろん俺は突っぱねたさ。俺の暮らしなどほめられたものではないし、ホセとフェデリカが奴を一人前の職人にしたがっているのを知っていたからな。奴はいい性格をしている。人にも好かれる。あれなら、職人としてフランスで立派にやっていけそうに思うんだがな……」

圭介は、アントニオがモンチョを可愛がってはいても自分自身とは違う世界の人間として扱っていると感じた。また、アントニオは、子供の頃の体験やその気性、知力にもかかわらず、政治や社会問題などに関しては自分の意見を一切口にしようとしないことにも気付いた。

十時を過ぎた頃、何か食べに行こうと「SABADO」を出て、小路を左にとり、バルザックの立像があるメトロのヴァヴァン駅方向に向かった。途中、小路はゆるやかに右にカーヴしているが、その内側の建物の陰に女が一人、黒い毛皮のハーフコートの下にタイツで覆った形の良い足を見せ、煙草をくゆらせながら佇んでいる。

「チャオ」

アントニオが声をかけた。

「チャオ」

女がややかすれた低い声で応えた。かなりの大年増である。

通り過ぎたあと、アントニオは、

「モンチョの友達『わけ知りのおばさん』だ。おかしな連中が俺の店の周りをうろついていると教えてくれたりもする。まあ、親戚のおばさんみたいなもんだな」

と笑った。


夜遅くまで賑わうモンパルナス大通りのブラスリーの一つに落ち着くと、アントニオが何でも食べたいもの飲みたいものを注文しろと言うが、貧乏暮らしの圭介にそんな好みのあろう筈もない。結局、アントニオの薦めで、鱈のソテーにアイオリソースと温野菜を添えた皿に南仏カシの産だという白ワインをとった。

気持ちがほぐれたところで、圭介が、

「モンマルトルが縄張りと聞いていたけど、城はモンパルナスに構えたんだね」

と冗談めかして言うと、

「あっちは昔からのひっかかりがいろいろあって面倒だからな。ところで、お前の方の生まれ育ちはどんなところなんだ」

と逆に質問である。

行きがかり上、圭介は、生まれた土地は中国で、第二次大戦後日本に帰国、二、三年田舎の親類の家で暮らしたのち十歳の頃からは東京の中を転々としてきたこと、両親とは早く死に別れたこと、働きながら形ばかり大学を出たことなど、身上書を提出させられる羽目になった。

「お前も流れ者のお仲間か」

とアントニオは笑った。

いい機会なので、圭介はかねて知りたいと思っていたことを尋ねてみることにした。

「あなたのお父さんという人はバルセロナで何をしていたの」

「俺の記憶にはない。なにしろまだ小さかったからな。フェデリカから聞いた話になるが……、もともと、じいさんというのがアンダルシアの日雇い農民で、食い詰めてバルセロナにやってきたらしい。親父は、印刷所で働いて読み書きを覚え、初めはアナーキスト系のグループ、そのうちPOUMという反スターリン派コミュニストのグループに入ってバルセロナで活動していたが、対立する共産党が勢力を拡大する中で一九三七年六月行方不明になり死体でみつかったということだった。アナーキストだのPOUMだのといっても、正直、俺にはよく分からんし、興味もない。『先生』に聞いてくれ。俺はガキの頃から、とにかくやってのけなければならないことがいつも目の前にあったから、それを片付けることで忙しかったし、また、それで十分満足だったんだ。最近こそ、少し考えるところもないではないがな……」

と、アントニオはふっと自省するような表情をみせた。

「『先生』はスペインでどんな経験をしたんだろう」

「『先生』はああいう人だから、自分のことについてはあまり話をしないが、俺は二、三年前に一度『先生』とイグナシオの議論の場に居合わせ、『先生』がめずらしく昔のことを話すのを聞いたことがある。『先生』は若い頃はコミュニストで、スペインの内戦が始まるとすぐ義勇兵としてバルセロナに行ったらしい。当時の現地の情勢から初めはCNTの民兵隊に入ったが、その後、国際旅団というのができるとその部隊に編入されてマドリッド、テルエル、エブロ河などの激戦地を転戦し、生き残って一九三八年十一月の旅団の解散でアメリカに帰ったということだった。『先生』はその二年の間に、内戦が始まった頃のバルセロナの革命的な雰囲気とその後の沈滞、共和国政府の混乱、軍内部における共産党の支配など、いろいろな局面を見聞きして、内戦前とはだいぶ考えが変わったと言っていたな……」

圭介は、「先生」宅を訪問した折の印象とも考え合わせ、「先生」の現在取り組んでいるらしい著作のテーマがおぼろげながら理解できるような気がした。

十一月に入ると、パリでは陽の射す日が少なくなる。

ソルボンヌ正門の前に置かれているモンテーニュの白い像は、大学紛争の際浴びせられた緑色のペンキの色が褪せ、それがかえって陰鬱な印象を与えながら霧雨に濡れそぼっている。

リュクサンブール公園の葉を落とした木々の上では、薄明るい空を背景に、ちぎれた灰色の雲が次から次に西から東へと移動していく。その合間に小雨が降ったり、薄日が射す。

冬の近づきを感じさせる冷たい雨の夜、圭介はホットワインでも飲ませてもらおうかと「ドミンゴ」に飛び込んだ。

遅い時間だったせいか、めずらしく客が途切れている。

フェデリカがつくってくれた熱いワインを啜っていると、カウンターの中から外の雨を眺めていたホセが呟いた。

「いやな雨だ。こんな雨は嫌いだ」

圭介は思わずホセの顔を見た。

「腕が痛むんだ。昔の戦争を思い出すしな……」

「どこで戦ったんですか」

「一九三六年七月十九日のバルセロナから始まって、東部戦線をあちこち行ったが、最後はエブロ河の戦闘だ。一九三八年十一月の負け戦で、退却のしんがりの方の部隊にいた。冷たい雨の中だった。こっちにはろくな武器がなく、敵の砲弾の方はひっきりなしに飛んできやがった。ひどい戦いだった……。そのときだよ、俺が腕をやられたのは」

「内戦は悪い思い出ですか」

「そうとは言えんな。俺たちは信じるものがあって戦ったんだからな。初めはみな威勢がよかった。あんなに愉快な気持ちになれたことはなかったな。だが、戦っているうちに、俺達みたいな兵隊には、戦争の方針や作戦の目的というようなものがだんだん分かりにくくなってきてな。政府や軍の中での党派争いから味方同士が疑心暗鬼になるような空気も生まれた。最後は、いわばドサクサの中、敵の弾だけは間違いなく飛んできて、仲間は次々と無残に傷つき死んでいった……、あれはこたえたな。あの戦争では、同じ国の人間同士がひどく憎み合い殺し合ったもんだ……。日本も、この間の戦争では沢山の人間が死んだろうが、スペインのような内戦は経験したことがないだろうな……。

ところで、ケイ、あんたは大戦のときはどこにいたんだ」

「中国東北部の当時日本の植民地だった土地の町です。私はまだほんの子供でした」

「町は戦場になったのか」

「いいえ、戦闘には巻き込まれないまま戦争は終わりましたが、町はすぐソ連の軍隊に占領されてしまいました。だから、あの戦争は、私にとってはいわば敗戦国民の生活体験とでも言うほかないようなものでした。親父はシベリアに連れていかれたきり帰って来ず、ソ連の兵隊が家に来て略奪をしていきました。終戦の翌年の秋、子供三人でなんとか日本に帰ってくることができましたが……帰国後の暮らしはひどいものでした」

「そうか。うちのモンチョはあんたと歳はそう違わんが、苦労知らずの、まだ、ほんのひよっこだな。まあ、今のところ仕事だけは真面目にやっているようではあるが……。最近は、何を考え、何をしているのやら……ここにもさっぱり寄り付かん」

「アントニオにも、モンチョの最近の様子を聞かれましたよ」

傍にいたフェデリカが溜め息をついた。

「モンチョのことを気にかけてくれるのはうれしいけど、アントニオも本当に運の悪い子なんだよ。四年程前に、マリアというスペインから出稼ぎで来ていた女の子といい仲になってね、一度うちにも連れて来たことがあったよ。アントニオが商売で出入りしていたモンマルトルのホテルのメイドで、フランス料理を覚えるため厨房にも入れてもらっているという話だった。しっかりしたいい子だった。私はアントニオがあの子と一緒になれたら……と思っていたよ。ところが、マリアは親父さんを早くに亡くしていたうえ、お袋さんが病気になったというので、スペインに帰ってしまったんだよ。アントニオもアントニオだ、スペインと自由に行き来できる時代じゃないとはいえ、マリアとは縁がなかったんだと簡単に諦めてしまったんだね。ところが、その後、マリアの友達からマリアが向こうに帰ってから男の子を生んだという話が入ってきた。それからだよ、アントニオが人が変わったようになり、商売替えもしたのは。マリアと子供をこちらに連れてきて一緒に暮らそうという気になったんだ。でも、マリアの方がうんと言わないらしい。アントニオがスペインで暮らせるわけもないしね、一体、どうするつもりなんだろう……」

圭介はアントニオの生活の隠された一面を初めて知った。

その夜は、最後に、夫婦からモンチョに会ったら「ドミンゴ」に顔を出すよう伝えてくれと頼まれ、店を後にした。

数日後、圭介が「サムライ」の厨房で料理の下拵えをしていたとき、一階の店の方にいたジョルジュからアントニオが圭介に用があると来ているぞと知らせがあった。

降りると、すぐ店外に連れ出される。

「急なことだが、今夜、仕事が終わったあと付き合ってくれないか。話があるんだ……」

「いいよ」

「それじゃ、いくら遅くなっても構わないから、帰りに俺の店に寄ってくれ。隣のホテル・シャプランに泊まれるように手配しておく」

圭介は、夜中の一時近く、「ＳＡＢＡＤＯ」のアントニオに到着を知らせ、先にホテルに入った。

アントニオは、カルヴァドスの瓶とグラスを二つぶら下げて部屋に入って来ると、

「ケイ、スペインを旅行する気はないか」

いきなり、そう言い出す。

「一度行ってみたいとは思っているけど……」

「もしその気があるなら、旅費は俺が出すから行ってくれないか。一つ頼みたいことがあるんだ」

頼みとは、現金の入った封筒をマドリッドまで携行し、それを同じ列車でマドリッドに着くアントニオに現地で密かに渡してほしいというものだった。

スペイン政府は外国人観光客の受け入れには熱心だが、過去において国外に亡命、避難したスペイン人の再入国は厳しくチェックしている。しかし、国内で少しずつ強権政治を緩和していくのと並行して、最近、在外スペイン人の入国についても従来よりチェックが緩やかになりつつある。

アントニオは避難民の一人ではあるが、内戦当時は子供であり、フランスにおける反フランコ運動の活動歴もないから、ブラックリストに名が挙がっている恐れはない。観光と商売用の食材探しを目的にした旅行とでもしておけば入国自体に問題はなかろう。だが、多額の現金を持っていることが入国時のチェックで判明すると面倒なことになりかねない。だから、金の方は他国からの旅行者でフリーパスの圭介に預けて国境を通過させたい。

「別にやましい金じゃない」

とアントニオは言った。

「実は、俺にはスペインに自分の息子とそれを生んでくれた女がいる。その二人に是非金を渡したいんだが、彼女の死んだ父親はカスティーリャの小さな町で有力な共和国政府支持者だったから、内戦以来彼女の一家はひどい目に遭ってきたそうだ。今でも、俺との関わりなど知られない方が彼女にとって無難だろう。だから、送金は避けたい。直接渡したいんだ。それに、会ってしなければならない話もいろいろあるしな」

こんなことであった。

十一月三十日、パリを出る夜行特急「プエルタ・デル・ソル」でマドリッドに向かう。途中、二人は一切関係のない乗客として振る舞う。マドリッドに到着したら、圭介はアントニオが無事入国できたことを確認出来次第、然るべき場所で金を手渡す。

ひとまず、そう取り決めた。

アントニオは、汽車賃と滞在費相当分という金を圭介に渡し、

「たいした額じゃないが、スペインは物価が安いからそれでも一週間ぐらいはいられるだろう。楽しんでくれ」

と言った。

話は、それからモンチョのことに及んだ。

「モンチョが一度スペインを見てきたいと言うので、金は貸してやった。見てくるだけの話とも思えんが、奴が自分の足で歩き出したい気持ちも分からんではない。十二月に入ったらサンティヤゴ・デ・コンポステーラにお参りに行くという名目でマルガリータを含め三、四人で発つそうだ。彼女には政府の有力者とのつながりがあるから入国は出来るだろうが、アリバイ上、サンティヤゴまではともかく行かないとまずいと言っていた。あの不信心者がな。

奴はあんなふうに素直な性格だ。マルガリータにのめり込み過ぎなければいいんだ

が……。奴がマルガリータから聞いたというスペインの情勢や彼女の叔父だという男の話については、イグナシオの持っている情報と照らし合わせても間違いはなさそうだが、もし奴がスペインでうかつな行動をしたりすれば命取りになりかねない。『お前の言う〝活動〟の世界は甘いものじゃない。スペインに行っても、近づいてくる人間を安易に信じるなよ。軽はずみなことだけは絶対にするんじゃないぞ』と強く言ってはおいたが……」

アントニオの顔は、日頃になく、少し迷いか不安のようなものを漂わせていた。

アントニオからは、自分のスペイン行きのことは誰にも言わずにおいてくれと釘をさされた。モンチョが行くことについても自分からはホセとフェデリカの耳に入れていないという話だった。

圭介は、「サムライ」から一週間暇をもらった。日頃、親父ジョルジュの無理も聞いているので、今回の旅行については、ノエルの賑わいに間に合うように帰ってきてくれればいいと餞別付きで気持ちよく送り出してもらえることになった。

出発二日前の夜、十二時を過ぎて圭介の部屋のドアをノックする者がいる。モンチョだったが、しばらく見ないうちに明らかに痩せ、蒼い顔をしていた。頬もこけた印象である。

「いいか」

と言うので、中に入れると、堰を切ったように話し始めた。

来週スペインに行く。

現状を見てくる。

最近、スペインは経済が好調で国民の暮らし向きも良くなったなどと言われているが、マルガリータによれば、これまでが悪すぎたので、一般市民の生活水準はフランスなどとは比べものにならないそうだ。一時ほどではないが依然として他国に出稼ぎに出る者の数は多く、政府は自国民の出稼ぎをまるで失業問題の安全弁か外貨稼ぎの手段くらいにしか考えていない。街を歩けば小さな子供がバルやレストランで働いている姿を至る所で見かけるという。こうしたことも、フランコ政権の下、一部の者が富と特権を独占し続けているためなのだ。連中は、今の体制を変えようとする者達をなりふり構わず弾圧している。

少しばかり景気が良くなり、庶民がなんとか食えるようになった、小金を持つ連中が増えたからといって、そんな芯の腐ったリンゴみたいな国のままでいていいってもんじゃないだろう。

マルガリータは、フランスに来てスペインの現実がよく見えてきたと言っている。彼女の叔父……実は本当の叔父ではなく彼女の父親が死んだあと母親を情婦にしてきた男であることがつい最近分かったそうだ……この男が今の体制を守ろうとしている勢力の要にいるらしい。そんなことをしながら教会通いにだけは熱心なその男を、彼女は今では心の底から憎んでいる。可哀そうなマルガリータ……。

俺はフランスで生まれ育ち、フランス人ということになってはいるが、考えてみれば随分と中途半端なフランス人だ。最近は、「自分はやはりスペイン人なんだ」と割り切った方が生き甲斐が生まれてくるのではないかという気がしている。

とはいえ、今の時代にスペイン人であるということはどういうことなのだろう。

親父やイグナシオの世代は、たしかに大変な苦労をしている。だが、彼らは何といっても誇りを持って自分達の国スペインのため、スペイン人のために戦うことができたんだ。だから、その後にたとえ反省や後悔をするところがあったにしても、また、国籍を捨てるような結果になったにしても、自分の生きてきた道にはそれなりに納得のいくものがあるだろう。でも、俺は、俺みたいな人間は、一体どうすればいいというんだ。フランス人といっても体の中にその血は流れておらず、フランス人の誇りなど心に感じたこともない。かといって、現実問題として今更スペイン人に戻れるわけはない。それに、仮に戻れるとしたところで、今のようなスペインでは戻る意味もないではないか。

こんなことって、我慢できると思うか。

圭介は、モンチョの話を黙って聞くしかなく、ホセとフェデリカが顔を見たがっていることだけ伝えた。自分のスペイン行きについては言いそびれた。

モンチョは、最後に、

「スペインに行って仮に俺の身に何か起きるとしても、それは俺が自分の考えで行動した結果なのだから後悔はしない。もし万一のことがあったときには、俺がこんな気持ちでいたことを親父やお袋に伝えてくれ」

そう言って出て行った。

十一月三十日夜。

「プエルタ・デル・ソル」はパリ・オステルリッツ駅を発車した。

圭介にとって今回の旅行は頼まれた用件さえ果たせばあとは気楽に楽しんで差し支えない性質のものであったが、夜行列車での眠れぬ夜は、この半年間のフランスでの体験を反芻させる機会となり、「先生」、ホセ、アントニオ、モンチョ達の様々な言葉が頭の中を駆け巡った。

(モンチョは自分を中途半端なフランス人だと嘆いたが、アントニオの方はあんな悩みとは無縁なのだろうか)

圭介は、子供の頃からどこか周囲の人間とのズレのようなものを感じながら生きてきた自分、社会に対する不快感をどう処理すべきか迷走してきた自分、をあらためて意識した。これまでその原因をいわゆる「外地」育ちと貧困下の生活という自分の生い立ちに結び付けてみたり、己の成長過程の一心理現象に過ぎまいと無視したりしてきたものだったが、未だ整理をつけ得ないまま今日に至っている。

(とはいえ、思い出してみれば、ともかく子供の頃の俺は、あの緊張や貧しさの中でも結構生き生き暮らしていたじゃないか。

あの頃の俺には恐らく自分の役割というべきものがはっきり見えていたんだ。

それに引き換え、今の俺は……まるで役を失った役者のようなものだな……)

圭介は、揺れる寝台の上で輾転反側しながら長い夜を明かした。

マドリッドの朝は寒かった。

圭介は他の乗客に先駆けてプラットフォームに降りた。アントニオと接触するのに手頃な場所を探していると、駅構内が終わるあたりにカフェがあったので、その店外に置かれた足の長い椅子に腰を下ろし熱いコーヒーで体を温めながら待つことにした。

駅舎のあちらこちらに、緑色の制服と黒いエナメル塗りの二角帽を着け小銃を携えた治安警備隊員がたむろしていたが、アントニオは無事通過できたらしい。圭介に気付いて、さりげなく隣の椅子に座った。圭介は目で合図をし丸テーブルの下で素早く封筒を渡す。わずか二、三秒の無言のやりとりである。それきり二人は別れた。

圭介は、マドリッドとトレドの観光に三日を費やした。

アンダルシア地方はまたの機会に訪れることにし、四日目の朝、カスティーリャの古都ブルゴスに向かう。

列車は、マドリッド・チャマルチン駅八時発である。

駅を出て五分もすると、夜明け前の薄明の中、線路伝いに町工場や小さな農地が姿を現した。その先の大きく開けた荒地には、地を這うような灌木の塊が散在し、遠くに霞む都会の灯りを背景に黒々とした影をつくっている。

やがて、列車が幾つかのトンネルを経たのち最後にひときわ長いトンネルを抜け出ると、そこには、カスティーリャの荒々しい風景が待ち受けていた。

表層は白茶けているが底に赤みを秘めた畑とも放牧地ともつかぬ草木の全くない土地が厚い雲の下に茫漠として広がり、たまさか西洋松の疎らな樹林と人家の小さな塊が見えるだけである。

一時間も走るうち、曇天の中にも空と地上に少し明るさが出てきた。地平はあまりに広くまた遠く、厚い雲も空全体を覆い尽くすことができずに、あちこちに生じた雲の裂け目からは陽の光が逃れ出ようとしている。そのため、空一面が複雑で神秘的な形状と明暗をつくりだしており、そんな空を暗い大地が支えている。

（この土地の人間は、代々、こんな自然の中で一体何を考え何を信じながら生きてきたのだろう）

圭介は飽かず空と地平とを眺めた。

ブルゴスはマドリッドよりさらに冷え込んでいた。

駅から吹きさらしの土地を歩き、サンタ・マリア門から旧市街に入る。

ホセ・アントニオ広場近くの巡礼宿と思われる小さなホテルに部屋を確保すると、圭介は名高い大聖堂に向かった。

聖堂は、外観はもとより、主祭壇、数々の礼拝所、回廊、と見どころが多かったが、圭介は聖堂が今日の社会で生きている姿も見たく思い、案内所でミサはいつ行われるのか聞くと、その夜は見学コース外のサント・クリスト礼拝所で六時半から八時まで説教のあることが分かった。

聖堂を一巡したのち、強行軍ではあったが、町はずれのウエルガス修道院まで足を延ばす。

午後七時頃、再び聖堂に戻り、西側の小さな広場に面した「信者専用」と表示のある扉から暗い堂内に入った。少し開けたスペースがあって、その右側がサント・クリスト礼拝所である。左側のサンタ・テクラ礼拝所では、少年聖歌隊が発声練習をしている。説教の行われているサント・クリスト礼拝所は出入り口がガラス扉になっており、それを透かして見える室内は静謐な雰囲気に充たされていたが、中にいる人々はほとんどが年配者である。信者以外の者が入室することは難しそうに思われたため、圭介はしばらく聖歌隊の少年達の歌声に聞き入ったのち、聖堂を後にした。

夕餉時前のブルゴスの下町はバルを中心に人々で活気づいていた。

聖堂南側のレイ・サンフェルナンド広場から東に延びる賑やかな通りに面した一軒のバルで、鮪、きゅうり、青唐辛子を串刺しにした上に細かく刻んだ野菜の酢漬けをのせたタパスを肴に、白ワインを二杯飲む。店の時計の針は八時近くを指していた。

少しいい気分になれたので、聖堂周辺の夜店でも冷やかしに行こうかと通りに出たとき、圭介は路上に思いがけない人物の姿を認め、足を止めた。

六、七メートル先、杖を手に歩いている男は、まさしくアントニオである。

三日前、マドリッドで件の封筒を渡して別れ、その後の行動については互いに関係を持たないことにしていたので、声をかけるのは躊躇されたが、見過ごすことも出来ない。結果、圭介は、どうしたものかと迷いながら、暫時、つかず離れずの距離を保ち、アントニオの後を追って夜店の周囲を歩き回ることになった。

そのうち、圭介は、アントニオがただの散歩をしているわけではなさそうだと気付いた。夜店の賑わいに全く関心を示していないのである。

八時直前になると、アントニオは広場の中で聖堂の信者専用出入り口がよく見える位置にぴたりと居場所を定め、動かなくなった。

扉からは説教を聴き終えた信者達が三々五々出て来始める。

そして、聖堂のライトアップの光の中で明らかに身なりの良いことが分かる一人の年配の男が現れたとき、圭介は、アントニオの肩から背中にかけての線が、一瞬、標的を見定めた猛禽のように緊張を走らせるのを見た。

男は、聖堂前の広場を横切り、サンタ・マリア門をくぐって城外に出た。アントニオがさりげなく後を追い始める。

城門の外には小さな広場があり、その先にアルランソン川が左から右方向へと流れている。

二人は川の右岸のよく整備された遊歩道を人気の少ない下流方向に向かった。敷き詰められた白い舗石の両側には枝を思い切り刈り込まれたプラタナスの街路樹が整然と続いている。遊歩道左手の欄干の下、川の岸辺には、未だ褐色や黄ばんだ葉を枝に残している木と裸木との入り交じった雑木林があって、それが川の流れを見え隠れさせている。

男とアントニオの距離は約三十メートル。圭介はアントニオとの距離を約五十メートルとった。

三人の奇妙な散歩が続く。

やがて、圭介は、それまで意識していなかった川の瀬音が次第に耳にまつわりつき始めるのを感じた。抑えつけていた不安な気持ちが高まってくる。

一つ目の橋は渡らずに左にやり過ごすと、そのすぐ下流で川には段差があり水が白く泡立ちながら急流をなしているのが見えた。高い瀬音はそこから来ていた。

二つ目の大きな橋にかかる。

ここまで来たとき、圭介は男の行き先にほぼ見当がついた気がした。昼間訪れたウエルガス修道院への道に違いない。アルランソン川の対岸には川と並行して自動車道が走っているが、その道路から左に分岐して町はずれの修道院へと向かう美しい並木道を、昼間歩いた。周辺は大きな庭を持つ瀟洒《しょうしゃ》な邸宅が立ち並ぶ高級住宅地であった。あの一角に相違ない。

地の利を得た思いで、圭介は気が落ち着き、もう少し二人に接近してみることにした。

二つ目の橋は渡った。

自動車道を横断し、歩道を右に進む。

小さな教会の前を過ぎて、いよいよ修道院へと向かう並木道に入ると、圭介は、立ち並ぶ邸宅の高い石塀や生垣がつくっている陰を利用して、徐々にアントニオに近づいていった。

アントニオも、一度振り返って路上に人気のないことを確認すると、男が四つ角を右に曲がったのを契機に一気にその距離を縮め始めた。

十メートル、五メートル、三メートル。

アントニオが男に声をかけたように見えた。

その瞬間、アントニオは杖を放り出すと、やにわに左手を相手の首に巻き付けてその口を塞ぎ、右手は男のコートのボタンを外すような仕草を始めた。

男は抵抗し、二人の体はもつれ合う。

月の光の中で、アントニオの右手に何か銀色のものが煌めいたが、ほとんどそれと同時に、争う二人の体と衣服の内部で、圧迫されたような鈍く籠もった銃声が一つ響いた。

アントニオの体が、くの字形になり、腰を落とした姿勢のまま二、三メートル後方に吹っ飛ぶ。

圭介は思わず駆け出していた。

一度倒れた男が片膝をついて起き上がり、銃口をアントニオに向けかけたとき、圭介は拾い上げたアントニオの杖でその手首をしたたかに叩きつけていた。

拳銃は舗石の上にころがった。

アントニオは、よろめきながら男の上に覆い被さり、その胸部に思い切りナイフを突き刺した。

呆然としている圭介の前で、アントニオは崩れ落ちそうな姿勢のまま男にとどめを刺し、拳銃を拾い、死体の懐から財布を抜き取った。

「こいつの体を生垣の陰に押し込んでくれ……。そうだ、それでいい。早くこの場を離れよう」

圭介はともかく川の方まで戻ることだと考え、すでに当たり前に歩くことは難しくなっているアントニオの体を肩で支えながら、自動車道を一気に突っ切った。

人目に立つ街中を避け、川縁の歩道を暗い下流方向に歩き始めたところ、ほどなく、樹木の陰に、人が漸くすれ違える程度の小さな赤い鉄製の仮橋が架かっていることに気付いた。対岸は広い緑地で、冬近い夜のこととて人の気配はない。

仮橋を渡り、緑地から手前方向に川岸へと下りる石段を使って流れに近づくと、水辺には大きな樹木や丈の高い草が幾つも茂みをつくっている。圭介はなんとかアントニオの体を木立の陰の落ち葉の溜まった窪地に横たえることができた。

「アントニオ大丈夫か」

圭介が発した初めての言葉だった。

「大丈夫なわけはないだろう」

アントニオはニヤリと笑ったが、そのあまりに蒼白な顔に圭介は胸を衝かれた。

「ナイフと拳銃を少し離れたところで川の深みに沈めてくれ。財布は中身を抜いてから流せ。奴らが一時でも物取りの仕業かと思ってくれりゃ時間稼ぎになる」

「でも、早く手当てをしないと……」

「殺人犯が、まさかのこのこ病院に手当てを受けに行くわけにはいくまい。俺はもう駄目だ。あとは、お前がうまく逃げ切ることだ」

「さっきの男は……」

「例のマルガリータの叔父とかいうセニョールだ。放っておいたらモンチョがやりかねなかったが、奴にこんなことはさせたくない。俺のような人間のやることだ。だが、ケイ、お前は、ひどく厄介なことに巻き込んでしまったな」

「いや、僕はいつも自分のやりたいことしかしていない。気にしないでくれ」

「すまない」

アントニオは起き上がることができず、話を続けるのも辛そうだったが、声を絞り出していた。

「最後の頼みがあるんだが……。ポケットの例の封筒をソリアという町にいるマリア・ディアスという女に届けてもらえまいか。住まいはラミジェテ街二番、電話は呼び出しで九七五・二二六・三二八。マリアとの間では、俺は、モンマルトルのアルベール・ルスコという名にしている。この町のバス・ターミナルから、ソリア行きの始発バスが朝七時に出る。明日、それに乗って行ってくれないか。お前の身の安全のためにも、早くここを離れた方がいいと思う。ソリアからは、パンプローナ、サンセバスチャン経由でもパリに帰れるが、サラゴサ、バルセロナ経由の南回りの方が多分危険が少ないだろう。マリアというのは……以前話した俺の息子フリオの母親なんだ。おとといソリアで会ってきた。フリオの顔も初めて見た。彼女は、ドゥエロ河を見下ろす丘の上のホテルで料理人をしながら病気の母親とフリオを養っている。母親を連れてパリに来ないか、一緒に暮らしてくれと話したが駄目だった。『今の生活は自分が納得した上で選んだものなのだから後悔も不満もない。母親も沢山の思い出が残るソリアを離れたがらないし、これからもソリアで生きていくことにする。いつか、いい時代が来て一緒に暮らせるかもしれないというのは、夢として持っておくだけでいい』と言うんだ。ソリアみたいなカスティーリャの古い小さな町で、共和国派の家族としていじめられながら、『てなし子』を生んで、きっとつらい思いをしたろうに……。そういう女が、俺みたいな出来損ないの男の子供を生んでくれたんだ。『俺は時々訪ねて来たい。当座の生活の足しにしてくれ』と金を渡そうとしたが受け取らなかった。だが、ケイ、お前がここで起きたことを話し、俺が死に際にフリオの学費にして欲しいと言っていたと金を渡したら、マリアも受け取ってくれるかもしれない。

フリオが、大きくなって、自分にも父親がいたと認めてくれるといいんだが……」

「わかった。必ず渡すよ」

「すまんな。それじゃ、ナイフと拳銃と財布を早く始末してくれ。それから……寒いな、少し落ち葉でもかけてもらえないか」

圭介はあたりの落ち葉を集めて、アントニオの全身を覆った。葉は、アントニオの仰向けに横たわった体の形に盛り上がり、顔だけが木立の隙間から洩れ入る月の光で青白く、圭介はふと昼間修道院で見た中世のカスティーリャの王族の石棺を思い出した。

圭介は、川を数十メートルほど下り、必要な措置を終えた。

戻ると、アントニオは一層青ざめた顔で目をつむっていた。

「アントニオ」

小さく声をかけると、うっすらと目をあける。

「出来たか」

「ああ、ナイフと拳銃は深みに落とし、その上に大きな石を幾つか投げ込んでおいた。財布は流れていったよ」

「それでいい。財布の中身も、俺の身元がばれそうな物と一緒に出来るだけ早く処分してくれ」

「パリの皆にはどう話をする」

「誰にも何も言わず、成り行きに任せることで俺はいいんだが、そういうわけにもいかないだろうから、誰に、いつ、どこまで話すかは、すまんがお前が自分の身の安全を考えながら判断してくれないか。モンチョには、『時代は変わる。無謀なことをせず、俺の分もあわせて地道に生きろ』と俺が言っていたと伝えてくれ。ホセとフェデリカには世話になった礼もできずじまいだが、『ドミンゴ』の権利金を俺の名は伏せてイグナシオの名義で貸してある。それで勘弁してもらおう。さあ、もう行け。あとは、お前がうまく逃げおおせてマリアに会ってくれること、それだけだ」

「もう少し一緒にいたい」

「死んでいく人間に気がかりな思いをさせるんじゃない。早く行ってくれ。俺はこんなところでこんな死に方をすることになろうとは思ってもみなかったが、まあ、これはこれでいいんだろう。人ひとり殺してしまったのだからな……。考えてみれば、俺は、これまで、行き当たりばったりの暮らしをしながら、長いこと、この日の来るのを待っていたような気がする……。俺にしては悪くない死に方だ。それに、ここはスペインで、カタルーニャではないが……」

こう言って、アントニオはかすかに笑った。

「マリアとフリオの近くだ」

アントニオは、また目をつむった。顔が紙のように白くなった。

目をつむったまま、アントニオが言った。

「さあ、行け。いつまでもこんなところでぐずぐずしてるんじゃない。ケイ、お前にはお前の……があるだろ……」

ここで、息をしなくなった。

「アントニオ」

圭介はアントニオの冷たい額にそっと唇を触れた。

圭介は、ソリアという町の位置が分からないため、アントニオの遺体を頭がおよそパリの方角を向くように動かした。それから、頭の先一メートルほどの柔らかな土の中に、傍らに落ちていた杖を深く突き刺し、その上の土を丁寧にならして落ち葉を降らせた。

最後に、周囲から拾い集めた汚れのない葉でアントニオの顔を覆って、その場を去ることにした。

大聖堂の背後には中世に城が置かれていた小高い丘があり、城跡に向かう小道の両側一帯は雑木林である。圭介はその中に分け入って、持っていては不都合と思われるものすべてを地中に埋めた。それからバルを二軒廻りホテルに戻った。

持参したミシュランのガイドブック（ギッド・ベール）スペイン編の中に、「ソリア」の項があった。

「ソリアは、イベリア半島の南部をイスラム勢力に支配されていた時代、カスティーリャ王国の橋頭保であった。

中世から近世にかけては、エストゥレマドゥーラや新カスティーリャの乾季における移動牧羊の拠点として繁栄した。

詩人アントニオ・マチャドはこの地を愛した」

とある。ブルゴスの東南約百二十キロの高地である。

翌朝、圭介はアントニオの指定どおり七時発ソリア行きのバスに乗った。

バスは動き出していくらも経たないうちに市街地を離れ、窓からは、暗い中に、波のうねりのように続くなだらかな丘の起伏とその麓に広がる林や畑が見え始めた。

しばらく変化のない景色が続く。

圭介は、そのうち言いようのない疲労に襲われ、いつの間にか眠りに落ちていった。

途切れ途切れに夢を見る。

パリのアクソ通りの、長い上り坂の上に、青い空と夏の終わりの白い雲が見える。坂の上り口の広場で熱病の弟を抱いた母親に見送られ、五歳の圭介が荷馬車に揺られながら坂道を行く。

上り詰めると、眼下に忽然として濁水を湛えた大河が現れた。船着き場に立ち並ぶ杭には大小さまざまな船が繋がれており、あたり一帯には、乗客を誘う船頭や客を呼び込む露天商の中国人の叫喚が溢れている。

中国人の群衆はいつの間にか日本人の大学生の集団に変容した。学生達はプラカードを掲げ、ある者は怒号し、ある者は笑いながら圭介の前を通り過ぎ、やがて、行く手の、ネオンサイン渦巻く東京の繁華街に次々に消えてゆく。

突然、繁華街のネオンサインの文字はフランス語に変わり、パリの猥雑なピガールの路地が現れた。アントニオが右手にナイフを握り締め数人の男を相手に闘っている。切られた顎から滴る血が白いワイシャツの左胸のあたりを真っ赤に染めている。

暗転すると、大きな鉄道駅の薄暗い鉄傘の下、プラットフォームの先端で、子供のアントニオと圭介が、手をつなぎ、不安げに列車の来るのを待っている。

列車はなかなか来ない。

とうとうアントニオは、独りで、松葉杖を突きながら線路の枕木の上を歩き始めた。アントニオの行く先は、マドリッドからブルゴスに向かう途中のあの暗さと光織りなすカスティーリャの荒野である。

稲妻、そして雷鳴。カスティーリャの荒野は一瞬にして満州の大草原に変貌した。どこまでも広がる草原の中で、圭介が、独り、野宿の準備をする大人達から離れて立ち、遠くを見ている。一日大人達の後を追って草原を歩き通すことのできた満足感が、疲れた小さな体を支えている。

どこかで砲声がこだましている。

やがて、草原の上が、一面、陽が落ち夜が訪れる直前の深く澄んだ藍色の空に覆われると、遥かな地平から、明るい巨大な満月が浮かび上がってきた。

小さな圭介が声をかぎりに叫ぶ。

「この空は、この大地は、ボクのものなんだー」


どこかで、カリヨンの音がした。


目が覚めると、バスは小さな村の停留所に止まっていた。昼前の穏やかな青空に教会の単調な鐘の音が吸い込まれている。

真っ黒な粗い羅紗地のマントとベールに身を包んだ老女が二人、ごわごわした焦げ茶色の革ジャンパーを着た職人風の中年男が一人、乗り込んで、バスはまた動き出した。

そのうち、進行方向右手に山の連なりが見えてきた。近づくと、黄褐色の荒々しい岩肌を剝き出しにした山の頂が、台地のように同じ高さを保ちながら延々と続いており、その下は、岩石をまじえた灰色の砂礫の層が急斜面を形成している。砂礫の中に疎らに生えた頑強そうな低木は、斜面の下方に向かうにつれ、その密度を増している。こうした地形は、太古に大地が水に浸食されて生まれたものなのか、あるいは大きな地崩れでもあったということか、近くに河の姿はない。

時折現れる小さな集落の民家は、多くが、ごつごつした暗灰色の石を積み上げてつくられた平屋である。畜舎であろうか軒が低く傾いだ横長の粗末な小屋もある。中に、一、二、壁面を滑らかにすべく積石の隙間にくすんだベージュ色の漆喰のようなものを厚く塗りこめた家があるが、その漆喰からあたかも素朴な象嵌のように露出している灰色、褐色、黄褐色と微妙に色合いの異なる石は、それぞれ独自の表情を持ち、何ごとかを語りた気にみえる。

周囲に森が広がり、次いで麦畑と思われる耕作地が沿線に続くようになると間もなく、バスはソリアに着いた。

ターミナルでは、小銃を抱えた治安警備隊員が二人一組の四人で、バスから降りる客を検問していた。

荷物のチェックもあり、途中でバスに乗り込んできた職人風の男は、頭陀袋を開けられ、中に入れていた道具類を逐一点検された。

すでにブルゴスからの手配が回っている様子である。

圭介は気を引き締めた。

パスポートとミシュランのガイドブックを手に「トゥーリスタ」と申告すると、隊員の一人が、圭介の中身の軽いボストンバッグを手にして重さを量るかのように二、三回揺すったあと、「行け」と顎で合図をし、検問は無事終わった。

早速、ターミナルに付属するカフェの電話室に入り、アントニオから教えられた番号に電話をして、アパートの管理人と思われる男にマリアを呼んでもらった。

「はい。マリア・ディアスですが……」

落ち着いた女の声がした。

「私はカシワギという者です。モンマルトルのアルベール・ルスコさんが先日亡くなられましたが、生前頼まれていた用件があってこちらに参りました。今、バス・ターミナルにおります。お会いできないでしょうか」

フランス語でそう伝えると、しばらく沈黙があったが、相手は、事態が尋常でないことに気付いた模様で、言葉を選びながらこう応じてきた。

「私には、まだ、家事や病気の母親の世話のためこれから片付けなければならない用事が幾つかあります。午後二時にということで、いかがでしょうか」

「結構です」

「それでは、二時にパセオ・デル・ヘネラル・ヤグエという公園でお会いしましょう。今いらっしゃるバス・ターミナルからヴァリャドリッド大通りを市の中心部に向かって歩いてください。しばらくすると大きな公園に突き当たりますが、その鉄柵を右にしながらさらに進んでいくと、公園が終わる少し手前の敷地内にラ・ソレダと呼ばれる古い礼拝堂があります。その門前に一番近いベンチでお待ちいただけますでしょうか。寒いときに屋外で恐縮ですが、そこなら世話のやける小さな息子を遊ばせておく場所もあり、落ち着いてお話をうかがえるでしょうから」

圭介は先ず礼拝堂の場所を確認し、それから、二時までにはかなり時間の余裕があるので、少し町を見て歩くことにした。

マリアが働いているホテルがあるという丘を目指す。

途中、ロマネスクとゴシックの様式が残る古い教会二つに出会う。二つ目の教会の庭には枯れた楡の巨木の切り株が残されており、武骨そうな町の古い歴史を感じさせられた。

丘の頂上から見た谷底には、ドゥエロ河の銀色の水面、河沿いの、葉を落とし尽くした丈の高いポプラの並木、古い石造りの橋、その先の樹木の中に修道院か何かの廃墟と思われる風雨に晒され黄白色に化した一群の石の構造物が見えた。

谷を隔てた向こう側には、僅かに緑を点綴した灰色の砂礫からなる禿山が幾つも折り重なっている。

丘の北面の見晴らし台に立つと、遠くの山々はすでに雪に覆われていた。

市内の歴史的な建造物を二、三見てから、圭介は時間に余裕を持って約束の礼拝堂に向かった。

マリアに指定された礼拝堂前のベンチは後ろに小さな木立を背負っており、公園の中心を貫く遊歩道からはしっかり隔てられている。礼拝堂の裏には遊具を集めた子供の遊び場があり、その前にもベンチが置かれている。

シエスタの時間帯のためか、公園にはほとんど人影がない。

（マリアは賢い女性だ）

と圭介は思った。

仕事を持ち諸事忙しい女性が、たまたまシエスタの束の間の時間を利用して子供を公園で遊ばせる、自然な行動で何も疑念を生じさせる余地はない。そうすることで、圭介との会話を子供に妨げられず、かつ、誰に聞かれる懸念もなく行える場所と時間を確保する。瞬時のうちに十分な配慮がなされているのである。

圭介は、マリアはすでに事の性格を直感していると思った。

（おそらく、マリアはアントニオの死を静かに受け入れるだろう。俺には、アントニオの心中についての俺なりの見方がないではないが、それを言うのは余計なことだ。マリアには、事実だけを、彼の行った行為と彼の言葉だけを伝えればそれでいいのだ。

マリアは理解するだろう。そして、アントニオも最後はそれを信じていたに違いない)

圭介はそう思った。

(アントニオが死んだと知ったら、フェデリカは悲しむことだろうな。ホセとフェデリカには、アントニオがモンチョについて言っていたことをみな話してやることだ)

(アントニオが最期に俺に言った言葉『さあ、行け。いつまでもこんなところでぐずぐずしてるんじゃない。ケイ、お前にはお前の……があるだろ……』、あれは何を言おうとしていたのか)

圭介は、アントニオによって自分に刻印が打たれたという気がした。

（アントニオは死んだ。いや、むしろ、彼らしく生きた。「先生」は、おそらく、研究をまとめて、近くアメリカに帰ることになるだろう。パリで二、三年ぶらぶらするつもりでいたが、俺の帰国もそう遠い先のことにはならないな……）

公園の正門の方角から大小二つの人影が近づいてきた。高地特有の澄み切った青空の下、濃い影を曳いて一人の女性がしっかりした足どりで歩いてくる。その周りで、二、三歳ぐらいの男の子が、ときおり母親の顔を見上げながら、道幅いっぱいを使って走り回っていたが、やがて、その子は母親にぴたりと寄り添った。

二人は、少しの揺らぎも見せずに、一直線にこちらに近づいてくる。

圭介はベンチから立ち上がった。

あとがき

フランス共産党に除名されたマルクス主義者のアンリ・ルフェーヴルは、パリ・コミューンを「パリの人民の祭りであった」と論じている。

政治的、社会的環境は異なるとはいえ、一九三六年七月、スペイン共和国政府の転覆を図る反乱軍に抗して立ち上がったバルセロナ市民の心情は、コミューンに熱狂したパリ市民のそれと同質のものだったのではないだろうか。

祭りには、人間と社会の飛躍の可能性を潜ませた美しさがあるが、祭りのあとはいつも哀しい。

スペイン内戦については、戦後歳月を経て、政治的プロパガンダやロマンチックな思い入れに堕することなく書かれた好著も多く刊行されている。しかし、戦いに敗れた名も無き人々のその後に触れたものは、少なくとも日本語訳に関するかぎり目にしたことがない。無謀ながら私はそれを書いてみたいと思った。

他国の出来事、他国の人々の行動や心理を参考文献だけを頼りに書くなど、もとより僭越な話である。その誹りを免れることはできないかと、私は、作中に狂言回し役の日本人の一青年を配し、その青年の交流する内戦体験者達が互いに他を語るという形で物語に登場する人物の輪郭をつくってみた。

やがて、登場人物達はそれぞれ勝手に動き出し、最後は、主役とも言うべき人物が役を終えて姿を消すとともに狂言回し自らが舞台中央に登場して幕を引く、というのが拙著の構造である。

物語としては不細工にしても、せめては読者に一種の紀行文として本書を読んでいただけないか、というのが作者の願いである。

氷川　武

平成三十年九月十日

主要参考文献

★スペイン内戦関係

『スペイン内戦（上）、（下）』　アントニー・ビーヴァー　みすず書房
『スペイン市民戦争（Ⅰ）、（Ⅱ）』　ヒュー・トマス　みすず書房
『スペイン革命　全歴史』　バーネット・ボロテン　晶文社
『スペインにおける戦争と革命（一）、（二）』　ドロレス・イバルリ編集　青木書店
『スペイン革命史』　スタンリー・ペイン　平凡社
『コミンテルンとスペイン内戦』　E・H・カー　岩波書店
『スペインの迷路』　G・ブレナン　合同出版
『スペインの革命と反革命』　F・モロウ　現代思潮社

『スペインの短い夏』　H・M・エンツェンスベルガー　晶文社
『スペインの戦場―― スペイン革命実見記』　フランツ・ボルケナウ　三一書房
『カタロニア讃歌』　ジョージ・オウエル　現代思潮社
『スペイン革命の栄光と敗北』　シプリアノ・メラ　三一書房
『フランコの囚人』　ミゲル・ガルシア　サイマル出版会
『二十歳の戦争』　ミケル・シグアン　沖積舎
『栄光にかわりて』　コンスタンシア・デ・ラ・モーラ　東邦出版社
『スペイン国際旅団の青春』　川成洋　福武書店
『スペイン戦争　青春の墓標』　川成洋　東洋書林
『スペインの義勇兵』　ジョン・ソマーフィールド　彩流社
『子供たちのスペイン戦争』　T・パミエス　れんが書房新社
『ファランヘ党』　スタンリー・ペイン　れんが書房新社

★その他スペイン関係

『スペイン史』　ピエール・ヴィラール　白水社
『スペイン王権史』　川成洋他　中央公論新社
『スペイン現代史』　楠貞義、ラモン・タマメス他　大修館書店
『スペイン未完の現代史』　川成洋　彩流社
『スペインの政治』　川成洋他　早稲田大学出版部
『フランコ　スペイン現代史の迷路』　色摩力夫　中央公論新社
『サンティヤゴ巡礼の世界』　アルフォンス・デュプロン　原書房

★アナーキズム関係

『バクーニン著作集（一～六）』　白水社

『プルードン（Ⅰ～Ⅲ）』　三一書房

『アナキスト群像』　Ｉ・Ｌ・ホロヴィッツ編　社会評論社

『スペイン革命におけるアナキストと権力』　セサル・Ｍ・ロレンソ　ＪＣＡ出版

『現代のアナキズム』　ダニエル・ゲラン　三一書房

★パリ・コミューン関係

『パリ・コミューン（上）、（下）』　リサガレー　現代思潮社

『パリ燃ゆ（一～四）』　大佛次郎　朝日新聞社

『フランスの内乱』　マルクス　岩波書店

『国家と革命』　レーニン　岩波書店

『パリ・コミューン（上）、（下）』　Ｈ・ルフェーヴル　岩波書店

『近代史幻想』　河上徹太郎　文藝春秋

サンティヤゴへの道

2018年10月1日　初版第1刷発行
著　者　氷川　　武
発行者　中田典昭
発行所　東京図書出版
発売元　株式会社 リフレ出版
〒113-0021　東京都文京区本駒込 3-10-4
電話 (03)3823-9171　FAX 0120-41-8080
印　刷　株式会社 ブレイン

ISBN978-4-86641-179-8 C0093
Printed in Japan 2018

ご意見、ご感想をお寄せ下さい。
［宛先］〒113-0021　東京都文京区本駒込 3-10-4
東京図書出版